구름 농사

유재영 시집

구름 농사

Poems by Yoo Jae Young

동학사

내 시가 뻐꾸기 울음보다 더 고적하지 않기를
내 시가 누구에게 반성문이나 고백록이 되지 않기를
내 시가 천둥산 돌배보다 더 단단하지 않기를
내 시가 떠돌이 악사처럼 서럽거나 외롭지 않기를
내 시가 마름꽃보다 더 크거나 작지 않기를
내 시가 적당히 울고 싶을 때 울지 않기를
내 시가 누구에게나 무작정 사랑하고 감사하지 않기를

2022년 8월
유재영

구름 농사

유재영 시집

■시인의 말 5
■작품 해설 69

01

02

03

04

01

울금빛 저녁

   새끼 당나귀에게 마지막 여물을 챙겨준 만족蠻族의 아내가
조곤조곤 기도를 끝내자 화덕가에 둘러앉은 가족들이 기장떡
을 떼어 물었다. 오목한 알타이 산맥 아래로 가만히 열렸다 닫
히는 울금빛 저녁,

북천北天

그날 밤 산너머 그 산너머 석남꽃 피는 마을, 기러기 떼 물
고가는 청동빛 울음 소리에 내 전생도 무언가 궁금했는지 빼
꼼히 창을 열고 내다보고 있었다

은적사

    오래전부터 산초 냄새 물씬 풍기는 물소리가 살고 있다 가끔씩 벼랑에서 떨어져 낙상한 물소리가 어디론가 사라진다 그런 날 밤엔 황도 12궁 옆자리에 새로 태어나는 별이 있다 그 별에서 난다는 산초 냄새는 극락전 앞까지 내려오기도 했다 고요한 밤이었다

소풍

　생계를 찾아 나선 개구리매가 하늘에서 수직 급강하 하는 순간에도 뭐가 대수냐며 며칠 전 알에서 깨어 나온 흰뺨검둥오리 새끼들은 더러는 자맥질로 더러는 어미 날갯죽지에 목을 내민 채 호이호이 즐겁게 강물을 밀고 갑니다

버들치 성불

　겨울이면 꼭 버들치 몇 마리 빙폭氷瀑에 갇혀 성불하신다는 골짜기가 있다 부처님도 앉을자리가 없어서 보름달이 대웅전이라는, 도봉산 만장봉 아래 걸망만한 만월암

　올해는 덜꿩나무 열매가 유난히 빨갛다, 첫눈이 일찍 내릴 것 같다

2대 식당

열일곱에 시집와 팔십 평생 청국장 장사만 했다는 임조분
씨. 서울에서 내려온 방송국 피디의 성화로 '2대 식당' 앞 조그
마한 나무의자에 나와 앉았습니다 시어머니 솜씨 빼닮았다는
며느리가 임조분 씨 어깨에 머리를 살짝 기댑니다 모처럼 미세
먼지도 사라진 어둔리의 봄, 하늘엔 뭉게구름이 둥실둥실 흘러
갑니다

전동

　운주산에서 맨손으로 다람쥐를 잡거나 높은 물푸레나무에 올라가 목이버섯을 따 온다는 날쌘 전동 여자들을 본 적이 있다 장날이면 산 채로 잡아온 꿩이나 노루 뿔 같은 것을 갖고 와 고무신, 양은 냄비, 백학소주 그런 것으로 바꿔간다고 했다 그들 중에는 손가락이 여섯 개를 가진 계집아이도 있었다

　전의역 장터 국밥이 이백 오십 원 하던 시절이었다

궁금하다

버들가지에 불거지 몇 마리 꾀어들고 뛰어가던 황토고개 가
보고 싶다 입춘 날 사랑채 아버지 먹 가는 소리 듣고 싶다 옥
양목 널어둔 마당 숨바꼭질하던 그 친구 이름 다시 부르고 싶
다 지금도 밤마다 들릴까 성남초등학교 3학년 1반 교실 처녀귀
신 울음소리 어느 해 정월 보름 뒷동산에 올라 액막이로 날려
보낸 방패연 아직도 그 자리 날고 있을까 아아 칠석날 은하 강
건너 할머니보다 먼저 가신 우리 삼촌 찰싹찰싹 노 젓는 소리
고향 가면 들릴까

종가 宗家

증조모 제사를 모시고 가족들이 다시 곤한 잠에 들었을 때 어머니의 차분한 목소리가 들렸다. '애들아 다들 일어나라' 어머니가 자리끼를 뜨러 부엌에 들어갔다가 메 짓던 아궁이에서 잔불이 쥐구멍을 통해 부엌 기둥에 벌겋게 옮겨 붙은 것을 보신 것. 가족들이 놀랄까봐 물을 길어다 불길을 잡고 난 다음 비로소 위급했던 순간을 말씀하셨다 어머니는 이렇게 또 한 번 쓰러져 가는 기둥을 일으켜 세웠다

메밀국수

부엌 불빛에 싸락눈이 희끗희끗 비치는 저녁, 집 안에 메밀
국수 냄새가 아른아른 피어오르기 시작할 때쯤 사랑채로부터
개 짖는 소리가 들리면 어머니는 가만히 솥뚜껑을 열고 얼른
한 사람어치 물을 더 부으셨다

가을 수배자

절터 저만큼 돌사자상 슬그머니 이쪽을 향해 목을 돌린다 역광의 실루엣, 그 아래 지난 가을 수배자처럼 땅강아지들 호작호작 숨어들었다 노을이 비스듬히 기우는 수면을 중심으로 성근 물갈퀴 바지런히 움직이는 청둥오리 떼, 호수는 파란 입술을 자꾸만 달싹였다

겨울 유물론 唯物論

흩어지는 바람들이 며칠째 필라멘트처럼 떨고 있다 지난봄 옮겨 심은 모감주나무는 한 해의 휘어진 부분을 발밑에 조용히 내려놓는다 나는 돌아서서 지구의 모서리를 힘껏 걷어찼다. 여전히 과묵한 테라코타, 골반은 닳아 삐걱대고 빙하의 물은 벌써 시장경제론 앞에 돈벌이 수단이 되었다 첫서리가 내리기 전 북쪽으로부터 날아온 수상한 새들이 저마다 큼지막한 날개를 접으며 겨울 경내境內로 들어왔다 올해의 추위는 머지않아 설악을 거쳐 문막에 이를 것이다

마천

서울에서 내려간 우리는 이우걸이 근무하는 마천중학교 숙직실에 모여 염소고기를 안주로 술을 마셨다 다음 날 누구랄 것 없이 쓰린 속을 달래러 공용주차장 뒤편, 능이국 집으로 우르르 몰려갔다 능이국 집 남편은 인공 때 다리 하나를 지리산에 주고 온 절름발이였다 낮도깨비처럼 키가 헌칠한 그는 술이라곤 입에 대지도 못하지만 하루에 칼 몇 대는 갈아야 속이 씨원하다고 했다 우리가 능이국을 후루룩후루룩 먹는 동안에도 가래나무 아래에서는 연신 스륵스륵 칼 가는 소리가 들렸다

우리나라 보름달

　어려서 남북으로 헤어진 오빠와 누이가 일흔 훌쩍 넘긴 나이 금강산에서 만났습니다 약속대로 오누이는 죽어서 달 속으로 들어갔습니다 횃대에 앉아 서로 어깨를 기댄 채 뜬눈으로 아침을 기다리는 유정한 가금류家禽類 두 마리, 두둥실 세상에는 이런 걸개그림도 있습니다

동행

100년 뒤에는 수명을 다하고 사라질 별이 있다 지구 동쪽 마을 사람들은 우물에 비친 그 별빛을 천년 동안이나 떠 마셨다 지는 나뭇잎도 별빛을 함부로 가리지 마라. 지상에서의 시간이 얼마 남지 않았다 이 밤에도 마지막 그 별을 보며 사막 한가운데를 가는 사람이 있으리니

수달가족

　남방 한계선을 넘나들며 살찐 납지리만을 잡아오는 암컷, 북
방 한계선 물속 깊이 점박이 꾸구리를 날래 물어오는 수컷, 재
두루미 떼 구선봉九仙峯을 넘어오는 그윽한 밤이면 새끼 수달들
오물거리는 주둥이에서 남북한 물비린내가 물큰 나곤 했다

그날

  전쟁이 한창이던 그날 무슨 일인지 경찰에 쫓기던 동네 청년
이 우리집으로 뛰어들었다 몸에 맞지는 않았지만 이미 경찰은
그를 향해 두 발이나 총을 쏜 상태. 어머니는 재빨리 안방 다
락에 숨기고 문을 활짝 열어 놓았다 흥분한 경찰이 곧바로 들
이닥쳐 집 안을 속속들이 뒤졌지만 안방 다락만큼은 그냥 스
쳐지나갔다고 한다

차령산맥에 대한 완만한 고백[*] · 1

1.

인공 때 죽은 인민군 간호장교 김옥화의 무덤이 있던 곳. 총상을 입고 산에서 내려온 갓 스무 살 그녀가 죽자, 마을 사람들이 시신을 6대조 제답祭畓 곁에 묻어 주었다 함께 온 늙은 군관은 눈물을 흘리며 연신 머리 숙여 인사를 하고 혼자 이 산맥을 따라 북으로 갔다 언젠가 어머니는 영변 약산이 죽은 여군의 고향이라고 했다 눈이 내린 날이면 무덤이 있는 찔레나무 구렁으로 산짐승 발자국이 움푹움푹 나 있었다

2.

등성이 너머 시오리 갈우물 지나 전의역. 조붓한 철로를 따라 하얀 시트를 씌운 급행열차들이 숨가쁘게 지나갔다 하루종일 울면 냄새가 나던 2층 벽돌집. 낮에도 이국종異國種 닭이 울고 전족纏足을 한 여인이 은제 약통에서 금계랍을 꺼내 주었다 그날도 건너편 변 씨 책방에서는 〈마도의 향불〉〈마음의 샘터〉〈한석봉 천자문〉〈최신가요앨범〉 같은 오종종한 얼굴을 한 철 지난 베스트셀러들이 드문드문 팔려 나갔다

---

[*] 시집 〈와온의 저녁 2014 동학사〉에서 연작 관계로 제목 바꿔 재수록

차령산맥에 대한 완만한 고백 · 2

  당고바지가 함께 온 여자랑 낮에는 종일 자취를 감췄다가 밤에만 도리우찌를 눌러쓰고 나타나 동네 아이들에게 로스케 말과 북선北鮮 노래를 가르쳤다 거장처던 당고바지가 늘 군관동무라고 부르며 깍듯했던 여자는 남장 차림에 키가 작고 눈매가 매웠다 어쩌다 남포등 아래 배시시 웃을 때는 도금한 송곳니가 살짝 반짝이곤 했다 전쟁이 끝나갈 무렵 그들은 도랑꾸를 짊어지고 의주행 기차역이 있는 탑고개를 슬그머니 넘었다 여우가 산다는 산 아래 외딴집에서 불길이 치솟은 것도 바로 그날 밤 일이었다

차령산맥에 대한 완만한 고백 · 3

　　대청 집 다락에는 피 묻은 군도軍刀가 있었다. 황국신민皇國臣民의 유물이 가산家産을 지켜 준다고 눈썹 짙은 주인 영감은 굳게 믿었다 그러나 그가 세상을 떠나고 어느 날 무너져 내린 퇴락한 다락에서 1919년 구마모토 23사단…… 군도가 발견되었다 군도는 먼지를 뒤집어쓴 채 고장난 구형 니콘 카메라와 함께 고물상에 넘겨졌다 대청 집 장손은 키가 훤칠하고 언제나 깍두기 머리를 하고 다녔다 천안 조장사曹壯士하고 씨름판에서 붙어 삼판 일승을 거둔 것을 생애 최고의 영예로 삼았다 자유당 때는 지역 반공청년단 감찰부장이 되어 직분과 전혀 관계가 없는 밀주단속반과 어울려 다니며 마을 사람들한테 우세를 부렸다 어느 날 술에 취해 무수골 고개를 넘다가 허우대를 만나 멱살 잡아 끌고 온 것이 싸리비였다 해서 싸리비 장군이라고 불렀다 겨울이면 등곳길이 있는 마을 냇가에 나와 팬티 차림으로 냉수마찰을 했다 그럴 때마다 우리는 어깨에서부터 흘러내린 용 문신이 배꼽 아래까지 휘감고 있는 것을 숨죽여 바라보아야만 했다

차령산맥에 대한 완만한 고백 · 4

　측백나무 숲에는 겨울이면 몰려드는 지빠귀 떼가 성화였
다 본래 그 자리는 지나가던 스님이 빠져 죽었다는 우물 터였
다 낮인데도 측백나무 숲을 지날 때는 죽은 스님이 나와 뒷덜
미를 덥석 잡을 것만 같았다 우물에다 실타래를 풀면 서해 용
궁까지 이어지고 차갑기가 얼음장 같은 우물이 메워지자 들머
리 당목이 시름시름 말라 죽었다 마을 사람들은 사변이 끝나
고 한날한시 제사를 모시는 집이 많아진 것도 우물의 조화라
고 했다 구레나룻이 시커먼 창이 할아버지는 맨살에 검정 조
끼만 걸치고 추녀 밑에 세재라든가 구렁말 같은 곳에서 잡아
온 족제비나 너구리 가죽을 전리품처럼 주렁주렁 매달았다 최
서장 집 경찰견 워리를 총으로 쏴 죽인 것도 창희 아버지 소행
이었다 어느날인가 창희네 가족들이 야반에 사라지고 십수 년
지나 부여에서 왔다는 여승이 마늘밭이 된 창희네 집터를 둘
러보고 울면서 마을을 떠났다고, 그가 창희 엄마였다고,

03

푸른 물소리

자꾸만 정수리가 가려워
새끼 노루 치받는 허공이다

화강암 허벅지
눈부시게 흰 봄날은

옥보다 푸른 물소리가
산을 안고 내려온다

가랑잎 길

솔방울만 한
꼬리를
끌고 가는
새끼 너구리
코끝이
반질거렸다

일찌감치
동면에 든
옹달샘 곁으로
숨었다가
다소곳이
어깨 내민
가랑잎 길

저 아래,
아이들
호동그레
눈을 뜨고

첫눈 기다리는
마을이 있다

서정시인

'개망초꽃이 하하하 웃는다'
'염소 똥은 고요하다'

지금까지 살아오면서 그는
이렇게 딱 두 번 거짓말을 했다

시인 권달웅의 고향은
경상북도 봉화,

언제나 그의 시에서는
청량산 곰취 냄새가 났다

구름 농사

일용할 이슬 몇 홉,

악기 대용 귀뚜라미 울음 몇 말,

언제고 타고 떠날 추녀 끝 초승달,

책 대신 읽어도 좋을

저녁 어스름

아,

그 집에도

밥 먹는 사람이 있어

하늘 한 귀퉁이 빌려

구름 농사짓는다

이슬 한 방울

먼 산도 오래 바라보면
가까운 산이 된다

길을 갖다 버리니
새로운 길이 보이기 시작했다

이름을 확 떼어내자
진짜 내가 거기 있었다

하늘도 빈손으로 받들면
저리 가벼운 것을,

비울 것 다 비우자
무거워라, 이슬 한 방울

벌레들은 즐겁다

벌써 며칠째 광화문 광장에는 머리띠 동여맨 노동자들이 생존권 보장하라 외치고 새로 임명된 한국은행 총재가 우리 최대의 적은 좌도 우도 아닌 뛰는 물가라고 하는 시간, 월악산 대덕사 뒤편에는 나뭇잎 한 장으로도 종일 즐거운 벌레들이 살고 있다

굴뚝새의 위로

　조그만 굴뚝새가 하늘을 바삐 나는 것은 특별한 기술이 있
어서가 아니라 사람과 달리 과식을 모르는 청빈한 식성과 마른
국숫발 같은 창자가 일심동체로 바삐 움직이기 때문이다

긴 시를 위한 짧은 생각

봄비라 쓰고 살짝이라 읽는다

첫눈이라 쓰고 두근두근이라 읽는다

어둠이라 쓰고 거대한 육체라 읽는다

시라 쓰고 언어의 무덤이라 읽는다

인생이라 쓰고 이슬이라 읽는다

첫사랑이라 쓰고 비누냄새라 읽는다

목련꽃이라 쓰고 그 집 앞이라 읽는다

단풍이라 쓰고 심장이라 읽는다

풀꽃 세상

　세상이 아무리 삐그덕 거려도 나태주 시인이 파란 색 구식 자전거를 타고 덜커덩, 덜커덩 지나갑니다. 삐뚜름 쓴 밀짚모자에 어디선가 날아온 배추꽃흰나비가 앉을까 말까 덩달아 즐겁습니다 논둑에서 우두커니 바라보는 첫배 송아지 주둥이에 씹다만 냉이꽃이 밥풀처럼 묻었습니다 이런 날엔 지구 한 모퉁이가 잘 피워 놓은 풀꽃 세상입니다

이슬 동네

풀잎에
모인
이슬방울

바람이 분다
아슬
아슬

가장 낮고
위태로운 동네

내일 아침
이곳으로
나비들
발 담그러
오겠다

종자를 위하여

주차장 부근 여름내 버려두었던 공지에 부러지고 으스러지고 몰골 험한 잡초들이 악악거리고 있는 동안 식물도감에도 끼지 못한 것들은 응달에 모여 단단히 여문 씨앗을 꽉 물고 있다 올해도 한해살이 초본식물들은 신들도 죽는다면 수백 번은 더 죽었을 아주 오래된 가을을 그렇게 복원하고 있는 중이다

일격一擊

　우이암 동쪽, 무릎 깨진 바위가 길을 막는다. 홀로 떨어져 숨죽이며 이동하던 거친 야성野性이 바스락 소리를 향해 몸을 솟구쳤다. 눈 깜짝할 사이 어린 설치류를 중심으로 한 생존 개체가 지워진다

　일격一擊의 고요함.

04

가랑잎 문상 _{問喪}

공원묘지 외곽, 시집 크기만 한 땅을 빌려 내려놓는 온기 한 움큼. 그건 누구에게는 생의 전질全帙 같은 것, 무명 시인이었다고 문상 온 가랑잎 한 잎, 또 한 잎

그날 밤 이곳을 지나며 지그시 내려다보는 이마 환한 별이 있었다

내공 오탁번 60년

　오탁번은 원주중학교 2학년 소년 오탁번이 진짜인데, 고려대
학교 吳鐸藩_{오탁번} 교수가 진짜긴 한데, 왠지 『학원』 신년호 같은
데서 발견하는 한글 오탁번이 아니어서 좀 그렇긴 한데, 오탁
번의 대표작은 뭐니 뭐니 해도 빡빡머리의 흑백사진 원주중 2
학년 오탁번이 진짜인데 학원문학상 당선작 「걸어가는 사람」의
당찬 수상소감이 진짜인데, 책상 위 먼지 뒤집어쓴 수화기가
야생동물 허파처럼 벌떡벌떡 숨을 쉰다. 1969년 대한일보 신
춘문예 소설 부문 당선작 「처형의 땅」의 한 구절은 50년이 지
나도 실감나는데, 1967년 중앙일보 신춘문예 시 부문 당선작
「순은純銀이 빛나는 이 아침에」가 시라서 더 좋은데, 퇴직하고
백운초등학교 애련분교 원서헌에서 쪼그려 앉아 마늘 심는 오
탁번이 진짜인데, 희떱게 동창회 나가 밥값 내고 돌아서서 좀
멋적어 하는 오탁번이 진짜인데, 올해 팔십인 나이인데도 어
머니 조상彫像 앞에 나가면 조그마한 풀꽃처럼 오그라드는, 대
한민국예술원 회원 오탁번이 진짜인데, 아무래도 오탁번은 눈
이 펄펄 내리는 충청도 겨울밤 앉은뱅이책상 앞에 앉아 내 친
구 종성이랑 함께 읽던 오탁번 시가 진짜인데, 영희 누나 이야
기만 나오면 괜히 나까지 덩달아 울컥해지는데 당신이 만든 잡
지 『시안』을 폐간하며 폐간사를 창간사보다 잘 썼다는 얘기도

진짜인데, 요즘에 와서는 가짜 오탁번도 진짜 오탁번한테 가면 진짜가 된다는데, 3대가 적덕을 해야 일화逸話 하나를 남긴다고 하는데 왜 오탁번은 그가 하는 모든 것이 일화가 되는지, 오탁번 내공 60년 유재영도 도무지 알 수 없는 일이다

어느 마라토너의 거짓과 진실

　들판을 가득 채운 개망초꽃들이 하얗게 어깨 부딪치는 소리, 모였다가 다시 흩어지기를 반복하는 구름 가족들, 물뱀 지나간 자리 풀물 든 개개비 울음소리, 나붓이 떠 날아가는 민들레 꽃씨의 은빛 무게, 저만큼 어린 황조롱이의 어색한 공중부양, 누가 오래도록 보고 버린 하얀 낮달, 우리 누님 유똥치마같이 부드러운 강물의 유속, 막 독이 오르기 시작한 개옻나무의 나른한 그늘, 무논가 눈부신 깃털을 나부끼며 목을 돌린 해오라기, 올해 알에서 깨어난 텃새들의 첫 울음소리, 빤히 쳐다보다가 콘크리트 배관 속으로 황급히 사라지는 들고양이, 마을 입구 등만 보인 채 천천히 걸어가는 어느 노부부의 산책, 며칠 전 간판을 바꿔 단 야외 카페에서 들리는 젊어서 죽은 가수의 노래소리, 쉬지 않고 움직여 온 내 200개가 넘는 작고 큰 관절들이여, 어느덧 스무 켤레 굽 닳은 런닝화여, 언제나 마른 땅 습도만큼 느끼는 생존자의 갈증이여

구름의 온도

가을인데, 모나지 않은 가을인데 익명의 투서 같은 바람이
분다. 탁발승처럼 역광이 쏟아지는 거리를 지나 말랑한 허공처
럼 골짜기로 접어든 구름이여, 우리는 상자에 잘 익은 과일을
담으며 뭉크에 대하여, 한 시인의 음독飮毒에 대하여 더 이상
말하지 않기로 했다. 손을 넣으면 아직도 따뜻할까, 저 은회색
운행의 속도를 따라가면 어느덧 터널 같은 마지막 시간들이 남
아 있다

어느 소상공인의 조용한 외침

특별히 이분들께 감사드립니다.

EUN, 알라딘, 창비, 필굿 소사이어티, 네 시 이십 분, 파나마 런닝 클럽, 임경선 작가님, 주식회사 동학사, WOM, 스테레오커피, 어머니, 아버지, 정위 스님, 서울 아트 시네마, 제비 가족들, 제주도 한라산, 김혜리의 필름 클럽, 프로스타, 두산베어스, 어크로스, 시간의 흐름, 아이쿱 생협, 쿠팡 택배 기사님, 당인리 발전소, 가을 햇살, 겨울빛, 봄 벚꽃, 키스 자렛, 요한 세바스티안 바흐, 볼프강 아마데우스 모차르트, KBS 클래식 FM, 그리고 전기현의 세상의 모든 음악

코로나 19가 한창이던 2021년 11월 30일 아침, 토정로 49번지 카페 〈커피발전소〉 출입문에는 젊은 카페지기가 써 놓고 간 A4 한 장이 붙어 있었다.

우리나라 국어 교육

'사장님 이것이 제 명함이십니다'

'잔돈 여기 계시고요'
'화장실은 왼쪽으로 쭉 가다가 오른쪽 매장 뒤에 계십니다'

'물리치료는 끝났습니다. 일어나시께요' '이쪽으로 모시께요'

　오십년 동안 구독한 신문이 국립국어원으로부터 '문학적 표
현으로 쓰는 것은 괜찮다' 허락을 받았다고. '민들레 홀씨'라는
기사 제목을 아무래도 내년 봄 다시 보아야 할 것 같다

국수 한 그릇

애호박 고명에 국수 한 그릇
진동밭 햇감자 국수 한 그릇
해설피 아우내 장터 국수 한 그릇
국수 한 그릇 그득히 말아 놓고
옛친구 안부, 먼 친척 안부,
방아다리 사돈 안부
허연 김이 오르는 인정 한 그릇
후루룩 후루룩
손끝 매운 복구정댁 보면 안다
국수 솜씨 좋아야 살림 잘한다
우리 할머니 늘 그 말씀
윗말 아랫말 큰집 작은집
시장기 감아 올린 나무젓가락
눈물도 가난도 감아올렸다
기와집 작은 도령 장가가는 날
정자동 인자 누님 시집가는 날
투두둑 개살구 떨어지는 소리 들으며
생일날 소담히 핀 앵두꽃 바라보며
후루룩 후루룩

세상에서 제일 고마운 소리
세상에서 제일 보드라운 소리
오래 입어도 변치 않는
무명옷 빛깔 국수 한 그릇

돌배 화두

　여여문如如門 앞 쪼그려 앉은 늙은 백팔번뇌 이마를 향해 벼
락 치듯 들이박는 것이 있다. 어쩌려고, 어쩌려고 청개구리처럼
가쁜 숨을 할딱이는 저 초록빛,

더불어 숲

경북 울주군 태백산 끝자락 높이 1,241미터 가지산에는 여우구슬 처녀치마 쥐오줌풀 며느리밑씻개 중대가리나무 까마귀베개 홀아버지바람꽃 큰개불알꽃 도둑놈갈고리 같은 별난 이름을 가진 풀과 나무들이 더불어 살고 있다 이중에는 어느 객승이 지나다 이름을 붙여주었다는 새색시속곳단풍 같은 나무도 있는데 자세히 알고 보면 이 모든 풀과 나무들이야말로 석남사 부처님들 보다 최소 1만 년은 먼저 와 살고 있던 이 산의 진짜 주인들이다

좌선 坐禪

버마재비 정강이 곧추 세운 자존 앞에
도마뱀 어깨에 힘주고 딱 맞서는 불암산 구월은
누구는 산 아래 인간들 닮은 승자 독식 체계라 하고
또 누구는 바야흐로 좌선의 계절이라고도 합니다

인생 달밤

여보게, 통성명도 없이 어깨를 툭! 치는 것이 있다. 보지 않아도 그것은 올해 내가 듣는 청동색 마지막 질문, 층층나무 아래 며칠 전 죽은 사슴벌레 풍장을 하고 와서 울먹이는 등 휘인 바람소리 같은 것, 성냥불빛 만한 가을저녁마저 이렇게 보내고 나면 내일은 물구나무 선 그 많은 생각들 아아 또 어쩔 것인가. 창밖에 불콰하게 익은 달 걸어 놓고 막 버스 놓쳐 가며, 인생이 뭐 별거냐며 종점 국밥집 혼술 마시며

해설

신화적 상상력의 시적 현현

이숭원(李崇源, 문학평론가)

신화적 상상력의 시적 현현

– 유재영 시에 대하여

이숭원(李崇源, 문학평론가)

역사적으로 보면 시인의 전신前身은 샤먼이다. 제정祭政이 분리되기 전에는 샤먼이 부족의 지도자로 여론을 이끌었고, 제정이 분리된 다음에는 민심을 규합하여 통치자를 도왔다. 샤먼에게는 초월적 존재와 직접 소통하는 특별한 능력이 있었다. 이 능력이 없으면 샤먼이 될 수 없고 그 능력을 상실하면 샤먼의 자리에서 축출되었다. 샤먼은 남들이 감지할 수 없는 것을 지각하고 남들이 볼 수 없는 미래의 일을 예측했다. 자신의 독특한 눈으로 현재와 미래의 상황을 통찰하여 새로운 방향을 제시하는 예언자적 능력을 갖고 있었다. 문명이 발달하면서 합리적 사고가 확대되고 신비주의가 퇴조하자 샤먼은 점차 사라지게 되었다. 그러나 초월적 존재와 신비주의적 영적 체험에 대한 민중의 지향은 사라지지 않았다. 그것은 상당 부분 종교의 영역에 흡수되었고 이와는 조금 다른 차원에서 시인이 그 기

능을 이어받았다.

유재영의 서정시는 대부분 자연을 매개로 하고 있다. 그는 자연을 통해 세상만사의 희로애락을 노래한다. 때로는 민중의 아픈 역사도 자연을 통해 표현한다. 그에게 자연은 샤먼적 직관과 예언의 매개물이다. 시집 『와온臥溫의 저녁』(동학사, 2014)의 서문에서 "시를 쓰는 동안 친구가 되어준 많은 곤충과 식물, 그리고 이 나라의 햇빛과 바람 물소리에 감사한다."라고 적었다. 자연이 그의 상상력을 주도하고 있음을 밝힌 것이다. 자연이 그의 상상력을 주도한다는 것은 자연을 통해 남들이 볼 수 없는 것을 보고 남들이 들을 수 없는 것을 듣는다는 뜻이다. 그는 자연과 세상사를 통관하는 샤먼의 자리에 선 것이다. 다음 작품은 이번 신작시의 한 편인 「은적사」이다.

> 오래전부터 산초 냄새 물씬 풍기는 물소리가 살고 있다 가끔씩 벼랑에서 떨어져 낙상한 물소리가 어디론가 사라진다 그런 날 밤엔 황도 12궁 옆자리에 새로 태어나는 별이 있다 그 별에서 난다는 산초 냄새는 극락전 앞까지 내려오기도 했다 고요한 밤이었다
>
> ─「은적사」 전문

'은적사'가 한자로 되어 있지 않아서 말에 담긴 뜻은 정확히 알 수 없지만 '비밀스러운 자취가 깃든 절' 정도의 의미를 유추할 수 있다. 그의 시가 대부분 그렇듯 몇 가지 정경만 압축적으로 제시한 후 배경적 서술을 배제하는 화법을 취했다. 은적

사 경내로 들어서니 청량한 물소리가 들리는데 그 물소리에서 산초 냄새가 물씬 풍긴다고 했다. 물소리와 산초 냄새는 이질적인 감각이다. 보통 사람들은 이 두 개를 따로 인식한다. 그러나 유재영은 이 두 감각을 동시에 동질적으로 수용한다. 샤먼의 감각을 지니고 있기 때문이다. 남들이 들을 수 없는 것을 듣고 남들이 맡을 수 없는 것을 맡는다.

은적사에는 산초 냄새 풍기는 그윽한 물소리만 살고 있는 것이 아니다. "벼랑에서 떨어져 낙상한 물소리"도 존재한다. 예민한 감각을 지닌 독자의 경우라도 "산초 냄새 물씬 풍기는 물소리"는 들을 수 있어도 "벼랑에서 떨어져 낙상한 물소리"를 감지할 수 있는 사람은 드물 것이다. "산초 냄새 물씬 풍기는 물소리"는 자연의 청미한 감각이지만 "벼랑에서 떨어져 낙상한 물소리"는 인간의 감정, 세상사의 징표를 암시적으로 드러낸다. 여기에는 인간이 겪은 실추의 아픔이 담겨 있다. 샤먼은 인간의 일을 이야기할 때도 직접 언술하지 않고 자연의 정경을 제시하듯이 에둘러 말한다.

낙상과 실추의 인간사가 펼쳐질 때 천공에 펼쳐진 황도 12궁 별자리에 작은 별이 새로 태어난다. 그 별에서도 산초 냄새가 나니 그 신생의 별이나 산길에 흐르는 물소리나 은적사의 은은함에 동화되어 있다는 점에서 동질적이다. 이러한 그윽함과 은은함이 제대로 감지되는 시점은 "고요한 밤"이다. 외부의 소란이 끊긴 고요의 은거지에서 비로소 절대 순수와 조우할 수 있다. 거기서 문명의 세계와는 다른 초월적 영통적 세계를 만날 수 있다. 샤먼은 자신의 독특한 능력으로 그 세계를 직관할 수 있다. 시인은 샤먼적 직관으로 포착한 영상을 시의 언어로 번안하여 우리에게 제시한다. 우리는 샤먼의 직관적 영상을 엿볼 뿐이다.

> 부들 숲 개개비 새끼들은 제 입보다 큰 벌레를 함부로 삼키기 시작했다 으아리 덩굴에 붙어 브로치처럼 꼼짝 않는 청개구리 정강이도 제법 살이 올랐다 우편함의 편지는 그대로 두기로 한다 유난히도 꽃이 곱던 복숭아나무집 둘째 딸 혼사가 아마 임박했으리라 아침 신문에 실린 칼릴 지브란 시를 읽는 동안 연한 나뭇잎 그림자가 잠시 신과 인간 사이를 스쳐 지나갔다
>
> ―「다시 맑은 날」 전문

『와온의 저녁』에 들어 있는 작품이다. 앞의 시처럼 사건의 배경은 서술하지 않고 현상의 요체를 연결했다. 개개비 새끼들이 제법 자라 제 입보다 큰 벌레를 먹기 시작했고 청개구리 정강이에도 살이 올라 덩굴을 단단히 붙들고 있다. 저절로 조화를 이룬 생물들의 자연스러운 성장 과정을 서술함으로써 자연의 조화는 인위적 조작과 무관함을 암시한 것이다. 자연의 자연스러움은 모든 것을 그대로 놓아둘 때 완성된다. 그대로 두는 것이 최선의 길이니 급할 것이 없다. 편지함에 담긴 편지도 며칠 그대로 두는 여유가 필요하다. 방금 보낸 문자에 왜 답신이 없느냐고 안달하는 우리들 일상의 모습과는 사뭇 다른 태

도다. 어쩌면 복숭아나무집 둘째딸 혼사를 알리는 전갈일지 모르지만 조바심내지 않아도 순리에 따라 모든 것이 전개되므로 여유를 갖는 것이 필요하다.

아침 신문에서 평화와 화합의 전도사 칼릴 지브란의 시를 읽는 것도 마음의 여유를 갖게 한다. 마지막에 "연한 나뭇잎 그림자가 잠시 신과 인간 사이를 스쳐 지나갔다"는 시행은 인간과 초월적 존재의 만남이 이런 여유의 시간 속에 가능하다는 것을 암시한다. 은적사 의 "고요한 밤"에 신비 체험이 가능하듯이 시간의 굴레에서 잠시 놓여 정지에 가까운 마음의 그늘을 가질 때 초월적 존재와 현실적 존재의 만남이 이루어진다. 자연은 초월적 존재와 현실적 존재를 이어주는 매개물이다. 이것이 바로 샤먼의 접신 체험이다. 위의 마지막 시행은 시인이 바로 샤먼의 직계 후예임을 스스로 밝힌 것이다.

어린 장지뱀이 갓버섯 펴지는 모습에 놀라 달아나고 변성기 막 끝낸 수꿩이 낮은 봉분 너머에서 몇 번인가 울었다 갑자기 초롱꽃이 왁자한 것을 보아 이는 필시 두눈박이 쌍살벌이란 놈이 들어간 것이 분명하다 착하게 엎드린 퇴적암을 사이에 두고 개암들이 실하다 올해는 해걸이 나무에도 열매가 많이 달리려나 보다 주인 없는 유혈목이 허물이 죄 많은 세상을 향해 가볍게 날아가는 시간, 골짜기는 어린 물소리를 꼬옥 품고 놓아주지 않았다

　　　　　　　　　　　　　　　　－「누리장나무 아래에서의 한때」 전문

이 시 역시 자연의 너그럽고 풍성한 정경을 펼쳐낸다. 그러나 사실은 자연의 가장 자연스러운 정경이 펼쳐졌을 뿐이다. 지극히 자연스러운 장면이 거기 익숙지 않은 사람에게 경이롭게 보였을 뿐이다. 어린 장지뱀, 갓버섯, 수꿩, 초롱꽃, 쌍살벌, 개암나무, 유혈목이 등이 각각 자신의 일을 충실하게 행하는데, 그들이 벌이는 행위 공간이 연희 마당처럼 호사스럽다. 자연은 원래 이렇게 순조롭고 조화롭고 흥겨운 것이다. 모든 물상이 착하고 실하게 자신의 일을 행할 뿐이다.

유혈목이가 벗어놓은 허물이 "죄 많은 세상을 향해" 날아간다고 했다. 그것은 이 조화롭고 흥겹고 착하고 실한 자연 영역과는 다른 쪽에 죄 많은 세상이 있다는 뜻이다. 앞의 착하고 실한 세상에 인간이 없었으니 인간 세상이 바로 죄 많은 세상일 것이다. 혹여 그 죄 많은 세상에 전염되지 말라는 듯 "골짜기는 어린 물소리를 꼬옥 품고 놓아주지 않"는 것이다. 죄 많은 인간이 무죄한 자연에 발을 들여놓기 위해서는 샤먼적 접신의 과정이 필요하다. 시인의 언어를 통한 신화적 상상력의 매개가 필요하다. 유재영은 다양한 신화적 상상력으로 순수한 자연으로 가는 접신의 길목을 제시했다. 그가 펼쳐낸 신화적 상상력의 누리장나무 터전에서 우리는 마음의 위안과 평정을 얻는다.

그런데 샤먼은 초월적 존재와 소통하는 능력과 더불어 예언적 능력을 갖고 있다고 했다. 샤먼은 세상의 흐름을 통관하기 때문에 죄 많은 존재인 인간의 운명을 내다본다. 생의 비극성을 감지하는 것이다. 감지하되 침묵으로 관조할 뿐 천기를 누

설하지 않는 것이 샤먼의 기본 태도다. 오이디푸스 이야기에서 오이디푸스의 운명을 간파한 예언자 테이레시아스는 테베에 퍼진 역병의 원인을 탐색하는 일을 포기하도록 오이디푸스에게 탄원한다. 그러나 그는 그 운명의 내용이 무엇인지는 말하지 않는다. 예언자는 방향만 제시하고 선택은 인간이 하도록 내버려두는 것이다. 유재영 시의 화자는 생의 비극성을 감지하되 조용한 관조로 그것을 응시하는 샤먼의 눈길을 견지하고 있다.

우이암 동쪽, 무릎 깨진 바위가 길을 막는다. 홀로 떨어져 숨죽이며 이동하던 거친 야성野性이 바스락 소리를 향해 몸을 솟구쳤다. 눈 깜짝할 사이 어린 설치류를 중심으로 한 생존 개체가 지워진다

일격一擊의 고요함.

– 「일격一擊」 전문

가을인데, 모나지 않은 가을인데 익명의 투서 같은 바람이 분다. 탁발승처럼 역광이 쏟아지는 거리를 지나 말랑한 허공처럼 골짜기로 접어든 구름이여, 우리는 상자에 잘 익은 과일을 담으며 뭉크에 대하여, 한 시인의 음독飮毒에 대하여 더 이상 말하지 않기로 했다. 손을 넣으면 아직도 따뜻할까, 저 은회색 운행의 속도를 따라가면 어느덧 터널 같은 마지막 시간들이 남아 있다

– 「구름의 온도」 전문

이 두 편의 시를 보면 생의 비극성에 대한 관조가 무엇인가

를 알아차릴 수 있다. 배경과 장소는 앞의 시처럼 호젓하다. 착하고 실한 자연의 천진한 모습이 펼쳐질 것 같다. 그러나 실제로 전개된 것은 약육강식의 현장이다. 「일격—擊」에서 "홀로 떨어져 숨죽이며 이동하던 거친 야성野性"의 정체는 거명되지 않았고 생존 개체가 지워진 "어린 설치류" 역시 다람쥐로 짐작될 뿐 구체적인 실체는 제시되지 않았다. 육식동물의 날쌘 일격에 어린 설치류는 목숨을 잃고 먹이가 되어 사라졌다. 설치류의 입장에서 보면 가련한 일이다. 그러나 이것 또한 자연의 섭리다. 샤먼은 비극이 내포된 자연의 섭리를 관조할 뿐이다. 그러나 샤먼이기에 남들이 보지 못하는 또 하나의 사실을 본다. 샤먼-시인이기에 가능한 생의 섭리의 통찰이고 초월적 의미의 포착이다.

구름의 온도 도 유사한 설명이 가능하다. 가을은 조락의 계절, 모든 것이 시든다. 이것이 자연의 섭리다. 바람이 익명의 투서처럼 음산하게 불고 구름도 탁발승처럼 역광의 거리를 지나 허공으로 발을 옮기는 듯하다. 질식할 것 같은 인간의 절규를 화폭에 담은 뭉크가 떠오르고 계절의 고독을 이기지 못하고 음독한 시인도 생각난다. 그러나 가을의 쇠락의 음산함도 계절이 겪어야 할 하나의 과정이다. "터널 같은 마지막 시간을"을 지나면 겨울 테라코타 에 이른다. 흩어진 바람들이 필라멘트처럼 떨 추운 겨울이 설악을 거쳐 문막에 이르게 된다. 가을은 그렇게 가고 겨울은 또 이렇게 오는 것이다. 머무는 것은 아무것도 없고 시간은 그렇게 흐른다. 시인은 쇠락과 동결의 계절을 관조하며 그 너머에서 초월적 의미를 찾으려 한다.

샤먼은 생의 비극성을 감지하되 그것을 관조할 뿐이라고 했다. 그 연장선상에서 샤먼은 아무리 비극적인 인간의 역사더라도 거기 개입하지 않는다. 다만 관조하고 성찰할 뿐이다. 그의 시로서는 길이가 긴 「차령산맥」을 통해 이 사실을 파악해 보겠다.

1.

인공 때 죽은 인민군 간호장교 김옥화의 무덤이 있던 곳. 총상을 입고 산에서 내려온 갓 스무 살 그녀가 죽자, 마을 사람들이 시신을 6대조 제답祭畓 곁에 묻어 주었다 함께 온 늙은 군관은 눈물을 흘리며 연신 머리 숙여 인사를 하고 혼자 이 산맥을 따라 북으로 갔다 언젠가 어머니는 영변 약산이 죽은 여군의 고향이라고 했다 눈이 내린 날이면 무덤이 있는 찔레나무 구렁으로 산짐승 발자국이 움푹움푹 나 있었다

2.

등성이 너머 시오리 갈우물 지나 전의역. 조붓한 철로를 따라 하얀 시트를 씌운 급행열차들이 숨가쁘게 지나갔다 하루 종일 울면 냄새가 나던 2층 벽돌집. 낮에도 이국종異國種 닭이 울고 전족纏足을 한 여인이 은제 약통에서 금계랍을 꺼내 주었다 그날도 건너편 변 씨 책방에서는 〈마도의 향불〉〈마음의 샘터〉〈한석봉 천자문〉〈최신가요앨범〉 같은 오종종한 얼굴을 한 철 지난 베스트셀러들이 드문드문 팔려 나갔다

　　　　　　　　　　　　　－「차령산맥에 대한 완만한 고백·1」 전문

차령산맥은 태백산맥의 오대산에서 갈라져 충청북도의 북부, 충청남도의 중앙을 남서 방향으로 뻗은 산맥이다. 시인의 고향인 천안, 목천, 연기 등이 여기 포함된다. 이 산맥을 따라 회로애락의 인간사가 전개되었는데 자신의 기억에 남은 극히 일부의 사건을 점멸하는 영상처럼 제시했다. 서사의 내용을 보면 소설 한 편이 구성될 만한 극적 요소가 담겨 있다. 그러나 시인은 사건의 배경을 절단하고 기억의 실루엣만 배치했다. 한 시기에 전개된 회로애락의 인간사는 거시적인 생의 흐름에서 보면 선도 악도 아니고 슬픔도 기쁨도 아니기 때문이다.

갓 스물에 총상을 입고 숨을 거둔 김옥화에 대한 연민, 늙은 군관의 부탁에 제답 겸 땅을 내주어 무덤을 허락한 마을 사람들의 인정, 고맙다고 연신 인사를 하고 북으로 간 늙은 군관의 의리, 고향이 진달래꽃의 영변 약산이라는 데서 오는 묘한 친근감, 울면 냄새와 이국종 닭, 전족의 여인, 은제 약통에서 표상되는 이국정조에 대한 동경, 한때의 베스트셀러들이 일으키는 향수 등 다양한 담론을 함축하는 소재가 열거되지만 시인의 시선은 담백하고 관조적이다.

생의 흐름을 통관하는 샤먼의 눈에는 모든 것이 시간의 흐름이요 사건의 연속이다. 우리가 의미를 부여하는 존재론적 장면도 사실은 일회적으로 지나간 사건의 과정에 불과하다. 우리의 착시 현상과 선입견에 의해 역사에 남을 명장면이 각인될 뿐이다. 인간 역사에는 고정된 팩트가 없고 사건의 느린 과정과 빠른 과정이 있을 뿐이다. 샤먼–시인은 이것을 통찰한다. 사건의 과정 어느 국면에는 인간의 슬픔이 깃들어 있다. 슬픔의 인식은 작품을 읽는 우리들의 몫이다. 시인은 사건의 어느 한 지점에 머물지 않고 영상의 점묘로 구성된 생의 드라마를 제시했다. 시인은 끝까지 샤먼적 상상력을 견지한 것이다.

구름 농사

지은이 · 유재영
펴낸이 · 유정웅
펴낸곳 · 주식회사 동학사

1판 1쇄 · 2022년 8월 10일
출판등록 · 1987년 11월 27일 제10-149

주소 · 04083 서울 마포구 토정로53 (합정동)
전화 · 324-6130, 324-6131 | 팩스 · 324-6135
E-메일 | dhsbook@hanmail.net
홈페이지 | www.donghaksa.co.kr
www.green-home.co.kr

ⓒ 유재영, 2022

ISBN 978-89-7190-837-2 03810